Sven-Erik Sonntag
Aus em Hirnkäschtle

Sven-Erik Sonntag

Aus em Hirnkäschtle

schwäbisch sinniert

Für Jannis, Lars-André & Susanne

1. Auflage 2006
2. Auflage 2011 (überarbeitet)

© 2006, 2011 Sven-Erik Sonntag
Alle Rechte vorbehalten

Gesamtgestaltung: Sven-Erik Sonntag

Herstellung und Verlag:
Books on Demand GmbH, Norderstedt
Printed in Germany

ISBN-10: 3-8334-6629-4
ISBN-13: 978-3-8334-6629-8

Ausdrucksstark

So wie keine bunte Blumenwiese der anderen gleicht, so gibt es in der Schwäbischen Sprache fast ebenso viele schwäbische Dialekte, wie es Menschen gibt, die Schwäbisch sprechen. Oft sind es nur winzige, kaum wahrnehmbare Feinheiten, die den Unterschied machen und die Sprache zum Leben erwecken. Die Schriftsprache steht dem leblos, wie ein englischer Rasen gegenüber. Sie ist selbst in vielen Sätzen kaum in der Lage, das auszudrücken, was im Schwäbischen ein Wort zu sagen vermag.

Ein wunderschönes Beispiel hierfür ist der »Lôle«, den Thaddäus Troll in seiner schwäbischen Schimpfwörterei wie folgt beschreibt: *»Das ô im Lôle ist ein stimmhaft offener Nasallaut, zwischen o und a liegend, ungefähr wie im französischen »dans«. Der Lôle kommt wohl aus der Gaunersprache, wo der Lolle einer ist, der dumm herausschwätzt. Der schwäbische Lôle dagegen ist ein langsamer, langweiliger Mensch.«*

Hat man nun einen »Lôle« als Arbeitskollegen, dann kann man schriftsprachlich auf folgende Weise versuchen, ihm auf die Sprünge zu helfen: »*Also ich muss feststellen: Sie sind ein träger, langsamer, energieloser Mensch, dessen Gleichgültigkeit die Vermutung nahe legt, dass Ihr geistiges Vermögen nicht ganz an die Anforderungen der Aufgabe heranreicht. Ferner könnte man aus der Tatsache, dass Sie in allem sehr wenig Leben zeigen schließen, dass Ihre Motorik ebenfalls überfordert ist. Trotzdem möchte ich Sie herzlich dazu auffordern, Ihrer Aufgabe nun endlich nachzukommen…*«

Diese »sprachlose« Herangehensweise hat aber folgende Wirkung: Der Angesprochene schläft sicher noch während man redet ein. Sollte er jedoch bis zum letzten Wort durchgehalten haben, ist es fraglich ob er dem Inhalt des Gesagten zu folgen vermochte. Ist dies auch der Fall, dann ist mit einer Beleidigungsklage zu rechnen, sofern sich dies mit der Trägheit des Angesprochenen vereinbaren lässt.

Schriftdeutsch ist, wie man hier deutlich erkennen kann, ein äußerst umständliches und in der Wirkung fragwürdiges Hilfsmittel. Schwäbisch hingegen ist kurz, verständlich, wirkt in den seltensten Fällen beleidigend und treibt den Angesprochenen umgehend zu rascherem Arbeiten an. Das obige Beispiel klingt auf Schwäbisch wie folgt: »*Du Lôle, jetzt mach a môôl nôôre!*«

Auf Schwäbisch ist in 2 Sekunden mehr gesagt als die Schriftsprache in einer Minute auszudrücken vermag. Es bleiben also wertvolle 58 Sekunden, die der Schwabe zum »schaffa« nützt, während der »Sprachlose« noch redet…

Jede Provinz liebt ihren Dialekt, denn er ist doch eigentlich das Element, in welchem die Seele ihren Atem schöpft.

Johann Wolfgang von Goethe

Das A&Ô vom Hagla

beim nôôhagla
naahagla
gôht net ällaweil

beim naahagla
nôôhagla
scho

beim nôôhagla
naahagla
gôht nämlich bloß

wenns beim nôôhagla
oima naagôht
ond mr net nôôgnaglet ischt

---

nôôhagla: hinfallen; naahagla: hinunterfallen; nôôgnaglet: festgenagelt (hingenagelt)

Um nun die Verwirrung komplett zu machen, hier die Übersetzung in das, was dabei heraus kommt, wenn der besonders sprachgebildete Schwabe »schön schwätzt« – also sich seines allerfeinsten Hochdeutschen bemüht…

beim hinôônhagelen
hinabhagelen
tut nicht ällenweil gehen

beim hinabhagelen
hinôônhagelen
schon
also wenn de oima nabkeisch
nôô keits de ao meischtens glei uffd Gosch

beim hinôônhagelen
hinabhagelen
tut nämlich nur gehen

wenns beim hinôônhagelen
oimen
also irgendwo
hinab gôht
und man nicht hinôôn genaglet ischt

Heimat & Sprache

In einem Radiointerview wurden einmal zwei »Sprachlose« Autoren nach ihrem Heimatbegriff gefragt. Nach einer ans Peinliche grenzenden Stille kam sinngemäß folgende Antwort: »... *Äääähm, nun ja, diese Frage ist so spontan äääh gar nicht so äääm einfach zu beantworten ...*«

Die Tatsache, dass diese armen Menschen ausschließlich das künstlich geschaffene Verständigungshilfsmittel »Schriftdeutsch« leidlich beherrschten, aber keine echte, gewachsene Sprache gelernt hatten, kam hier erschreckend drastisch ans Tageslicht. Sie waren in jeglicher Hinsicht sprachlos!

Der Dialektsprecher wird wohl kaum in eine derart peinliche Situation geraten, denn er trägt bereits ein großes Stück Heimat in sich. Allerdings hat die fortschreitende Globalisierung eine seltsame ethnische Wandlung des Dialektsprechers in Gang gesetzt...

Hoimatschprôch

wenn de heutztag
en dr Schual
oder em Kendergarta
an Jonga suchsch

der wo no so richtich broit
Schwäbisch schwätzt

nôô frôôgsch am beschta
nôch em Mehmed
oder nôch em Ali

Grammatik

scho alloi des Wort

»Grammatik«

halt i für
schtark untertrieba

bsonders wenns
om d deutsche Schprôch gôht

wenn mr überlegt
wie schwer des älles
zom begreifa
ond zom merka isch

also
meiner Ôôsicht nôch
müsst des
mindeschtens

»Kilomatik«

hoißa

Neue Hoimat

früher

dô ischt oim
bei Hoimat
s Herz uffganga

Hoimat
des war
s Schätzle
s Häusle
s Gärtle

ond Leut
die wo mr kennt
ond möga hôt

heut

dô gôht oim
bei Hoimat
dr Rechner ôô

Hoimat
des isch
http Dopplpunkt släsch släsch irgendwas
mit Punkt
ond Schtrich drzwischa
ond am End
a Punkt de

ond die
süße Susi

die wo mr
beim Tschätta
em Internet
kenna glernt hôt

die hôt
wenn mr gnau guckt

an Bierbauch
ond a Zipfele
onda dranna

Wetterôôzeiger

wo
außer en Pfullinga

kôô mr
nôch dr Onterhos gucka
wen mr wissa will
wie s Wetter ischt?

gnauer kôô s Wetter
doch gar net ôôzeigt werda
wie mit dr Pfullinger Onterhos

em Schembergturm

hengt d Fôh draußa
isch schee Wetter

hôt se lange Füß
isch Winter

ond sieht mr se gar net
nôô hôts Nebel!

Schembergturm: 1906 erbauter Aussichtsturm dessen Form an eine lange Unterhose erinnert.

Reigschmeckt

reigschmeckt?

ha waa –

kaum bisch sieba Generationa dôô
ond scho ghörsch drzu!

Menschen

Eine der schönsten Beschäftigungen, nicht nur unter Schwa-
ben, ist die Beobachtung Anderer und das damit verbundene,
meist in Gemeinschaft ausgeübte, genüssliche Zerpflücken
der beobachteten Charaktereigenschaften, Fehler und Hand-
lungen, über die man als Beobachter selbstverständlich weit
erhaben ist…

Versammlong

wo se älle
zamma waret

dô isch
d schlechte Laune
ausbrocha

ond koiner
hôt se wella

...

wieder eifanga

Romantiker

der schwäbische
Romantiker

sitzt am Samschtagôôbend
ganz gmütlich
bei Kerzalicht
en seiner Garasch

ond

putzt häälenga
sein Daimler

---

häälenga: heimlich

Dr Schwätzer

waa
koi Probleem,
hôt r gsaet

uff ihn
könne mr sich verlassa
dôô könne mr jeden frôôga

koi Probleem
hôt r gsaet
er mache dees schao

môôs nôô aber dromm ganga isch
nôô hôt r trompetet

jaaa
soo häb mr net gwettet

dees
könn er net macha

ond

môô mr nôô d Leut gfrôôgt hôt
wie denn des sei
mit ihm

nôô hôts ghoißa
ha uff den könne mr sich
uff älle Fäll verlassa

der häb no nie dao
waaner verschprocha hôt

Sicher schlôôfa

sui
schaffet jetzt au wieder

er
verdiene zwar guat
saget se

als Beamter
saget se

aber
er schlôôfe
halt oifach
nemme so sicher
wie früher

moinet se

Zwoi Auto

sui
schaffet jetzt au wieder

er
verdiene zwar guat
saget se

aber wäga m
zwoita Auto
saget se

ond des bräuchtetse
moinet se

weil doch dôô
môô se jetzt schaffet

koin Bus nôô gôht

Schleckich

en dr Buchhandlong
a neus Buch
auspacka lao

mit oogwäschne
aagschleckte Fenger
dren romfengra

ond nôô a neus
eigschweißts kaufa
oder gar kois

blöde Goiß

Kloons

seit mr
Kloons kloona kôô

hen de Alte
nix me zom lacha

ond de Jonge frôget
was an sällem Zirkus
luschtich sae soll

Am Schtammtisch

Eine ohnehin als seltsame Person bekannte Frau kommt aufgedonnert, wie sie noch keiner gesehen hat, ins Lokal. Sie rauscht wortlos an allen Anwesenden vorüber und verschwindet am anderen Ende der Gaststube hinter einer Tür.

Unter den Gästen entsteht ein aufgewühltes aber betont leises Gemurmel, das nur sehr langsam wieder abebbt.

Am Stammtisch beginnt zur gleichen Zeit, nachdem die dort Sitzenden die Tür längere Zeit kopfschüttelnd und nickend betrachtet hatten, folgender Dialog:

Karle: *(mit väterlich sonorer Stimme, noch immer nickend, leicht vorwurfsvoll)*
Ha no!

Gustaf: *(bestätigt Karls ausführliche Bemerkung in allen Punkten kopfschüttelnd. Seine Stimme hat einen leicht blechigen, aggressiven Ton)*
Gell?!

Hemme, der dritte denkt:
I sags jô...
schweigt aber »weil scho gnug gschwätzt isch«.

Im Anschluss an diese angeregte, sehr emotional geführte Unterhaltung versinken die Drei für mindestens fünf bis zehn Minuten, auf ihre Viertelesgläser starrend, in philosophischen Gedanken über das Geschehene, bevor sie mit dem nächsten Gesprächsthema beginnen.

Es gibt aber auch nicht selten Fälle, wo auf ein weiteres Thema verzichtet wird und dies die einzige Unterhaltung bleibt, bevor folgender Trialog den Abend abschließt:

Karle: *(während er Gustav die Hand reicht, in vertraut sonorem Ton)*
Also…

Gustav: *(Karls Geste erwidernd in hellem freundlichem Ton)*
Jo!

Hemme nickt, den anderen in Gedanken eine gute Nacht wünschend, während er ihnen die Hand schüttelt. Dann trennen sich ihre Wege wortlos.

Unter »Sprachlosen« würden sich diese Stammtischgespräche in einem endlosen Wort-Ping-Pong verlieren, ohne dass auch nur annähernd so viel gesagt wäre.

Äwwl jünger

die Jonge
werdet
äwwl jünger

mit 8
Web-Programmierer
selbständig
selbverschtändlich

ond d Lehrer
gucket
in viereckige
glasige Auga

äwwl jünger

mit 3
dr Ausschtieg
aus em Schpielalter
a gscheite EDV muaß her

sollet Onkel
ond Tanta
doch selber
mit ihre Autola
ond Puppa schpiela

äwwl jünger

mit 18 Monat
isch dr Omgang
mit dr Maus
a Kinderschpiel

ond die Sendong mit dr Maus
wird mit dr rechta Maustaschte
ganz kuul
weg klickt

äwwl jünger

bald kommt
dr direkte Zugang
zom Internet
für Säugling

per Nabelschnur

Aussenseiter

Als gebildeter Bürger ist man weit davon entfernt mit dem Strom zu schwimmen. Das tun schließlich nur die Dummen. Gut, es gibt Zwänge, aber diesen unterliegen alle anderen Schafe auch. Und dass es nur eine Richtung gibt, in die man gehen kann, liegt schließlich nicht an uns, der gebildeten Bürgerschaft, sondern an der Tatsache, dass es einfach so ist.

Wenn man nun also – rein zufällig – die selbe Richtung, wie die breite Masse eingeschlagen hat, dann schwimmt man noch lange nicht mit dem Strom. Nur auf- oder gar aus der Rolle zu fallen, das sollte man als gebildeter Bürger selbstverständlich strikt vermeiden. Man will ja von den Anderen schließlich nicht als schwarzes Schaf abgestempelt werden…

Drzughöra

wenn de drzughöra widd
nôô därfsch koin Gwöhnlicher sae

saget se

ond send
oms verrecka andrscht

oiner wie dr andr

Dr Weg

de oine rennet nôch Mekka
ond saget
s isch dr oinziche Weg

de andre rennet nôch Cola
ond saget
s isch dr oinziche Weg

ond i
schtand em Weg

als Oinzicher

Gluufa

dr Schultes frißt Gluufa
dr Direktor frißt Gluufa
sogar dr Herr Pfarrer frißt Gluufa

ja ben i denn net ganz bacha,
bloß weil i
koine Gluufa môôg?

Gluufa: Stecknadeln

Net ganz bacha

gsonds Zeug fressa
Lakoschtverächter sae
nix zom Bruddla han

ond nôô ao no gsond
ond zfrieda sae…

ha der isch doch net ganz bacha!

Dr Selbschternannte

ohne Billettle
uff da fahrende Zug uffschpringa
ond nôô behaupta
er sei dr Lokführer

s Kend
mit em Bad ausschütta
ond saa
wärscht halt net nei ghockt

de Minischter Gift gee
wenn se merket
daß d Krone
gfälscht isch

aber sich wondra
wenn koiner
hurra schreit

so äbbes
aber ao…

Andrscht

i bee andrscht!

hôter mit seim neua Drucker
vom Aldi

grottabroid
mit rote Buchschtaba

uff sae neus weiß Hemmetle
vom C&A druckt

nôô hôter s
hälinga
uff links
onter an schwarza Pulli
ôôzoga

---

hälinga: heimlich

Verschiedene

s geit jô verschiedene
Verschiedene

also
wenn mr verschieda isch
nôô isch mr anderscht als vorher

des hoißt aber net
daß mr
wenn mr anderscht isch
au glei
verschieda sae muaß

also
verschieda scho
aber
anderscht halt

Liebe

Im Schwäbischen ein äußerst heikles Thema, zumindest sprachlich gesehen. Es ist für einen Schwaben schier undenkbar »bis über beide Ohren verliebt« zu sein und/oder von »Liebe« zu sprechen.

Ein Schwabe, der zu seinem Schätzle sagt: »*Oh du meine Angebetete, holder Engel, ich liebe dich!*«, der findet sich mit großer Wahrscheinlichkeit kurz darauf auf der Intensivstation einer Nervenheilanstalt wieder. Jedem gestandenen Schwaben rollt es bereits beim Gedanken an derartige Äußerungen »d Fußnägel nuff«.

Das Wort »Liebe« wird hierzulande großräumig umschwiegen! Man sagt, wenn man denn überhaupt etwas sagt, »Mögete« dazu. Es heißt also »*i môôg di!*«, wenn man in einem unbändigen Anfall von Liebeswahn die Beherrschung verliert und »oms verrecka sae Maul nemme halta kann«.

Also werde ich im Folgenden das Wort »Liebe« durch »Mögete« ersetzen, was für den Schwaben schon allein deshalb sinnvoll ist, da es im Schwäbischen wiederum ganz und gar keine Schande ist »bis über beide Ohren vermögend« zu sein…

Kaum bei der Mögete angekommen, stecken wir auch schon mitten im ô. Hier ein Dialog zwischen zwei Freundinnen, bei dem es um einen Liebhaber geht. Als kleine Starthilfe kommt dieser Text mit »Simultanübersetzung«.

Vo weitem

mô isch der Môô
mô mi môô?

wo ist der Mann, der mich mag?

dôô!

dort!

môô dôô?

wo dort?

dôô dôô!

dort dort!

dôô?

dort?

jô!

ja!

ôôôôôh…

42

Gern han

sooo…

dass i di gern han
des hättsch wohl gern

ach woisch…

wenn d me net gern hôsch
nôô kôsch me grad gern han

1 + 1

wenn ois
ois môôg
nôô isch älles ois

ond fürs oine
wie fürs andre
geits bloß no ois

wenn ois jetzt
ois arg môôg
kommt schnell ois drzu

ond uff zmôôl
isch für des Oine
koi Zeit meh

aber des
isch em oina
wie em andra
grad ois

bis ois
em andra
ois isch

nôô fällt
des Oine
ganz aus

aber des
isch em oina
wie em andra
nôô grad ois

Moiafeuer

donkl wirds

Buba ond Mädla
aus em Dorf
schtandet oms Holz rom

kalt wirds
se schlupfet zamma

dôô gôht
s Feuer ôô

em Wiesle
wirds hoiß

d Schtecka
fanget Feuer

langsam
schteigts ruff

greift
om sich

von oim
zom andra

a wahre
Freud

danza
em Feuer

nôô
lôôds nôôch

wird kloiner
gôht aus

soodele
jetzt Hoim

hoffentlich
isch nix ôôbrennt

Naus ond rei

raus
aus em Haus

weg
von drhoim

älles liega
ond
schtao lao

raus
aus dr Haut

weg
mit em Fruscht

älles verwerfa
vergessa

en dr Fremde
en den Fremda
der aussieht
wie i

neigugga
neischlupfa
sae wie no nie

nei
ens Glück

rei
en mi

wo
uff zmôôl
so viel Platz isch

für di

A Läba lang

woisch, was mr gfalla dääd

siebzich hoiße Sommer
oiner sonnicher wie dr andr
ond äwwl dr Letschte am schenschta

zum sae
mit dir…

woisch, was mr gfalla dääd

siebzich goldiche Herbscht
oiner würzicher wie dr andr
ond äwwl dr Letschte am schenschta

zom verschnaufa
mit dir…

woisch, was mr gfalla dääd

siebzich kalte Winter
oiner gmütlicher wie dr andr
ond äwwl dr Letschte am schenschta

zom nôôschneckla
an di…

woisch, was mr gfalla dääd

siebzich jonge Frühjôhr
ois frischer wie s andr
ond äwwl s letschte dr Ôfang

zu ma hoißa Sommer
mit dir…

woisch, was mr gfalla dääd

wenn de am End saa däädesch
fang mr grad nommôôl von vorna ôô
ao wenn s siebzich môôl gregnet hôt

weils grad dromm so schee war
mit mir…

glaubsch gar net wie mr dees gfalla dääd

siebzich Jôhr lang Kend zum sae
ond träuma
ond schpenna

mit dir…

Quickie

Du
komm

i
lass De
net ganga

auf
komm

mir
lasset
ons ganga

i
komm

Du
kôsch jet-
zet ganga

Fehla

drhoim
hôsch mr Du
oft grad no gfehlt

ond jetzt
be ne fort

Du fehlsch mr grad

Kenna lerna

mr sucht sich
mr findet sich
mr schnäckelt ananand nôô

mr zieht zamma
s geit a Kind
mr heiratet

ond nôô…

lernt
mr
sich
kenna

Urlaub

Das Reisen ist des Schwaben Lust! Unmittelbar nach dem »Schaffa«, der »Kehrwoch« und dem »Audo putza« kommt das Reisen. Während Zuhause »s Fabrikle weiterschafft« und für die nötige Liquidität sorgt – und einen der nachbarschaftliche Überwachungsapparat »bei de Schwiegerleut« wähnt, fährt man ganz bescheiden und möglichst unerkannt »a bissle Schi« in St. Moritz oder man gönnt sich »a kleis Weltreisle«…

Erwartongsgemäß

i ben jô ganz
ohne jede Erwartong
en Urlaob gfahra

ond i muss saga
Hut ab

meine Erwartonga
send voll ond ganz
en Erfüllong ganga

Urlaob

a Badwann
voll Zeit

en volle
Oimer

über da Alltag
naaleera

ond
zugucka

wie äller
Schtress

em Kandel
verschlupft

Ohne Navi

fremde Großschtadt
Nacht
Räga

s isch oim
als wär mr
dr oinziche Normale
uff dr Schtrôß

Drängler
Raser
Huper

aber koine Schtrôßaschilder

ond jedes môôl
wenn mr endlich wieder
ois läsa kôô
nô isch die Schtrôß
uff dr Kart
uff em Knick

i glaub die Schtadtplän
send extra so gmacht
daß äwwl die Schtrôß
wo mr isch
uff em Knick isch

ond bis mr omgfaltet hôt
hôt oin dr Verkehr
scho wieder
en a Eibôhschtrôß gschpühlt

ohne Nôma

bei Nacht
wenns rägnet

tags
sen d Karta
besser

Baggersee

em Baggersee
isch s Wasser
echt

drenn
d Fisch
send echt

drom
d Pflanza
echt

druf
d Boot
send echt

on
d Luft
isch echt

s Wetter
isch echt

ond
d Leut
send echt

drom
isch des Künschtliche
mir echt

egal

Naitscher schtailing

s keed soo schee sae
dôôhanna
drhoim

s müsstet bloß
so a paar Profis aus de USA
die Neitscher dôô
a weng schtaila

die kromme Bächla
die verwachsene Felsa
die Hubbl ond Berg

wegmacha
großflächig planiera
ond schee ôôlega

mit sauber betonierte Seea
Bäch ond Klettergärta

a multimediale Kulisse
als Hintergrond

ond scho wärs
wie gwachsa
wie echt

echt schee

ond älladhalba
guat verschteckt
henter de Boscha
ond Wasserfäll

a Türle
zom Kloo
ond zur
Informazioo

oh Narr
keed des schee sae
dôôhanna
drhoim

Sanfter Tourismus

des isch halt oifach a feine Sach
wen mr em Urlaub z Agadir
de gleich Nussnugatkrem kriegt
wie z Schturgert em Aldi

mr fühlt sich doch glei wie drhoim
wenn mr em Clubhotel z Ismier oder en Tunis
vor seim Wiener Schnitzel mit Pommes hockt

oder dussa en dr Ôôlag beim kühla Bier
ohne Angscht han zum müssa
dass dô an eiheimischer Ausländer reikommt

jaa des isch wichtich mit dem Fernhalta
von sälle ausländische Eiheimische
scho alloi wägam sanfta Tourismus

bei so äbbes kô mr die Ausländer
em Ausland net braucha

i woiß jetzt übrigens au wie des gôht
des mit dem sanfta Tourismus

mr keit sae Colados
nemme oifach en d Büsch

64

noi
mr schtellt se
ganz vorsichtich
ohne a Blättle abzomknicka
en sällen Boscha

mr lauft au nemme
oifach so en dr Gegend rom
ond dappt älle Pflanza zamma

noi
mr lässt vorher vom Tourischtaamt
Weg teera
ond Parkplätz mit Kloo
ond Imbisbude baua

dôdrzua
kôô mr nôô sogar
die eiheimische Ausländer
wieder braucha

Ädventscher Urlaob

scheeeee isch gwäa
hôt se gsagt
uff sällra Insel

brutal guat
hôt er
hintadrei gschoba

ädventscher Urlaob

se häbe sich so
goddsgranatamäßich erholt drbei
hent se gmoint

dass se hentadrei
no drei Wocha lang
halba hee gwäa wäre

Ohne End

zruck lehna

Auga zumacha

warta
bis
d Zeit
schtandableibt

sich ufflöst
en ma
neua Ôôfang

durchschnaufa
ond älles
nommôôl genießa

ohne End

Essen & Trinken

So mancher Nichtschwabe behauptet, dass der Schwabe vom Essen nichts verstünde. Pansen, im Schwäbischen als »saure Kuttla« zubereitet, seien doch allenfalls als Hundefutter geeignet – und zwischen Spätzle, Kartoffelsalat und Maultaschen sei in der Schwäbischen Küche doch wahrlich nicht viel Kulinarisches zu finden.

Dass es sich hier um ein äußerst oberflächliches Vorurteil handelt ist ebenso nachprüfbar, wie die Tatsache, dass auch im Rest der Welt nicht alles, was zum Essen angeboten wird, letztendlich genießbar ist...

Naturtrüb I

naturtrüb
hoißet se dees jetzt

früher hätt mr gsagt
des Bier ischt abgloffa
wenns hôt ôfanga ausflocka

Naturtrüb II

naturtrüb
ond ofiltriert
schtôht uff dem neua Bäpper

wenns d Brauerei
nommôôl ausliefert

Romm ond nomm

romm ond nomm
ond nuff ond raa

von de Boira
da Butter nôch Flensburg
ond vo dort s Bier wieder raa

en ma andra Karra natürlich

als ob die Boira koi oigens Bier
ond die z Flensburg koine Küh hättet

nuff ond raa
ond romm ond nomm
ond äwwl uff dr Schtrôß
ond äwwl leer zrück

ausser sällem Tanklaschtzug
der wo Lösongsmittel
raabrôcht hôt

der nemmt an Woi mit nuff

aber säll geit jô grad
des bsondre Gschmäckle

romm ond nomm

ond em oigena Garta
dôô isch s Zeug zwar
gsond ond oogschpritzt

aber wer hôt scho Zeit
die Säck zom schleppa

dôô gôht mr besser en Aldi
ond holt Obscht aus Neu Seeland
des gôht leichter

ond s oigne Obscht ond Gmüs
verreckt drweil em Garta

aber dees kôô mr
jô weenigschtens noo
uff da Komposcht doo

dees kôô mr mit sälle
ausländische genmanipulierte
Alfaschtrahlertomata net

ha noi

die muaß mr fressa
sonschd verreckt doch
dr Komposcht

Gurmee Menü I

sieba môôl
nix zom Essa

sieba môôl
saumäßich
übersichtlich
ôôgordnet

aber
trotzdem
satt werda

scho alloi
wega m Preis

Gurmee Menü II

s isch manchmôôl
sau schwer
äbbes zom saa
ohne zom loba

aber manches
dääd mr glatt Essa
wenn mr gar koin
Honger hôt

Fascht Fuud

schiergar

ebbes
zom essa

Essa en Frankreich

i hätts jô net denkt

obwohl mr uff französische Schpeisekarta
weder Buabaschpitzla mit Kraut
noch saure Kuttla fendet
kôô mr en Frankreich guat essa

manchmôôl bleibt allerdings
a Frôôg offa

»Tischdekoration oder Salat?«

i han mi für Salat entschieda

hôt interessant gschmeckt
erscht a bissle nôch Zitronamelisse
nôô aber eher wie Ingwer
also nôch Kernseife mit Pfeffer

dr Schtiel war leider a bissle holzig
trotzdem a interessante Salaterfahrong
wär dô net zom Schluss
des Zettele ufftaucht

»130 Jahre alter Bonsai
Leihgabe des Museums für fernöstliche Kunst«

Wörterbuch

Es kommt in der Kommunikation zwischen Schwaben und Nichtschwaben immer wieder zu massiven Missverständnissen mit fatalen Folgen, denn das schwäbische »laufa« (laufen) bedeutet in der Schriftsprache »gehen«, »heba« (heben) heißt »halten« und der schwäbische Fuß geht von den Zehenspitzen bis zur Hüfte, um ein paar der bekanntesten »falschen Freunde« zu nennen.

Neben diesen, in der Literatur hinlänglich beschriebenen Beispielen, gibt es aber auch Worte, die selbst von Schwaben teilweise falsch verstanden werden…

Filterkraut

Beim Filterkraut handelt es sich um eine nach oben spitz zulaufende Unterart des Weißkohls mit dem botanischen Namen »Brassica oleracea var. capitata f. alba«.

Dieser im Naturzustand schwach toxische und durch seinen hohen Thiocyanat-Gehalt antibiotisch wirkende Kohl hat aufgrund seiner feinrippigen Struktur hervorragende Filtereigenschaften.

Da im Schwäbischen das »t« häufig sehr weich ausgesprochen wird, hört der Nichtschwabe meist eher ein »d« wie in »dääd« (tät), »Dellefoo« (Telefon) oder »Dasch« (Tasche).

Dies gepaart mit dem unglücklichen Umstand, dass das »Filderkraud« hauptsächlich auf den Fildern, einer fruchtbaren Hochebene südlich von Stuttgart, angebaut wird, führte zu einer fatalen Namensänderung. Plötzlich war nicht mehr die Eigenschaft (das Filtern), sondern das Anbaugebiet (die Fildern) Namensgeber für das »Filderkraut«.

Dass das »Filderkraud« ursprünglich nicht als Nahrungsmittel, sondern zur Luftverbesserung angebaut wurde, zeigt ein altes Bauernverslein, welches die Filderbauern früher während der Arbeit sangen. Wie wichtig diesen Bauern die Filterfunktion des Kohls war, zeigt die letzte Strophe des Versleins mit ihrem Schwenk ins Schriftdeutsche und der deutlichen Trennung von Filter und Kraut.

Flugplatz
Schnellschtrôß
Audobôô

schtinked hier
a jedem Môô

wie schnell wär dô
die Lufd versaud

gäbs nicht
das gute
Filter-Kraut

Oobacha

Mir Schwôba saget doch, wenn mir äbbes saumäßich guat fendet, des isch »oobacha guat«. Die Weckla von meim Bäcker zom Beischpiel, die fend i oobacha guat. Obwohl i se jô oobacha gar net guat fend. Also als Toigling! So an Toigling isch, fend i bloß bacha »oobacha guat«. Jetzt dô sollsch no draus komma. Des isch doch oobacha!

Des mit sälle Weckla isch sowieso oobacha. Wenn oiner, der wo Breedla zu de Weckla secht en ra Wecklesbäckerei schtôht ond die Verkaefere en derra Bäckerei no zwoi môôl nôchfrôôgt, werded aus sälle Weckla ruck zuck Breedla; aus de Breedla, Guezla; ond aus de Guezla, Zickerla ond nôô kôô mr sae Frühschtück de Hasa, des hoist die Zickerla de Gäul geh, weil säll nämlich net amôôl Bombo send. Aber säll krigt säller Breedlesschwôôb nadierlich net bacha! – Oobacha!

Und hier für alle Sprachlosen zum Mitschreiben:

Weckla send Brötchen, also Breedla.
Breedla send aber Weihnachtsgebäck, also Guezla.
Guezla sagt mr aber zu Bomboos, also Zickerla.
Aber so a Zickerle, an Würfelzucker,
ischt halt beim beschta Willa koi Weckle!

Oifach oobacha!

Haiku

Das Zeitalter der Globalisierung bescherte uns Sprachgebil-
de, die früher in fernen Ländern, für uns unerreichbar hinter
Reisfeldern verborgen lagen. Eines davon ist die bei uns immer
beliebter werdende japanische Kurzform »Haiku«. Trotz zu-
nehmender Beliebtheit gehen die Deutungsversuche jedoch
noch weit auseinander.

Hai-Kuh
i ben ehrlich gsagt froh
wenns mir zu ma I-Kuh langt
an was Höheres
brauch i dô gar net denka

Hai-Kuh?
i ben jô koin Botaniker
i denk jetzt oifach môôl
daß mr die weibliche Haifisch
so nennt

Hai-Kuh!
an Limmerick
für Maulfaule
an Schwôbalimmerick
sozomsaga

Ikebana

Dr allseits bekannte Volkskundler Gerhard Raff hôt en seiner Abhandlong über s Chinäbische jô nôchgwiesa, daß große Teile des Schwäbischen aus China importiert send.

Was dort allerdings net erwähnt isch, isch daß die Japaner ihr Ikebana von dr Schwäbischa Alb importiert hend. Allerdings hôt des uff dem weita Weg nôch Japan nôô gewisse Verfremdonga durchgmacht, so daß es kaom no zu erkenna isch.

Uff dr Schwäbischa Alb secht mr nämlich em Winter, wenns draußa an haufa Schnee hôt, so daß mrs wegräuma (bahna) muass:

»I geh bahna«

Des hôt sällem ZEN-Mönch, der em 7. Jôhrhondert nôch Christus uff ra Reise d schwäbische Alb bsucht hôt so gfalla, daß er die Idee mit nôch Japan hôt nemma wella. Jetzt isch der arme Kerle aber uff em Weg hoim gschtorba. En seine persönliche Reisenotiza, die mit seine schterbliche Überreschte nôch Japan komma send, hôt er von ra faszinierenda Neuentdeckong gschwärmt ohne allerdings genau zom beschreiba om was es gôht. Dr einziche Hinweis war säller Haiku, den er sich en seim beschta Schwäbisch als Gedankaschtütze notiert ghet hôt:

hei zong o im haus
ikebana uff dl gass
eis bluma im hol

Die Japanische Deutong isch jetzt folgende: Der Mönch isch uff seim Wäg uff d Alb durch China komma. Dort hôt er an gewissa Gelehrta Namens »Hei Zong O« troffa ond war bei dem »Im Haus« eiglada. Dort hôt er nôô des »Ikebana« kenna glernt, was offasichtlich was mit »Bluma« zom doo hôt.

Als Schwôb erkennt mr die wahre Bedeutong von dem Text natürlich sofort:

Heizong ôô em Haus
i geh bahna uff dr Gass
Eisbluma em Hôôr

Die Japaner glaubet bis heut no Ikebana wär »Die Kunst des Blumenbindens« ond dääd aus China komma. Richtig isch aber, dass Ikebana eigentlich »I geh bahna« hoißt, von dr schwäbischa Alb kommt, ond entgega alle andere Behauptonga nôchweislich »Die Kunscht des Schneeräumens« isch.

mund.art & Satire

Wer sich selbst tierisch ernst nimmt, oder schlimmer noch, wer von anderen ernsthaft erwartet, dass sie ihn ernst nehmen, der hat sich – und das ist bitterer Ernst – bereits ernsthaft lächerlich gemacht…

Gen – ial

die ganze
neue Krankheita
hent jô älle
irgendwie
äbbes
Gen – ials

blooß

es Gsondwerda
isch mittlerweil
aus dr Mode
komma

P.S.
Der Genie-Aal verbrachte
viel Zeit indem er dachte

Altbau Kataschtrofa

1. Katastrophe »*light*«

sie
hôt an Hammer
en dr Hand…

2. Katastrophe »*medium*«

er
hôt an Hammer
en dr Hand
ond sie
schtôht drneba…

3. Katastrophe »*maximum*«

SuperGAU
auf em Bau

an Handwerker
hôt an Hammer
en der Hand…

ond ER
ond SIE
send Lährer!

Aus em Gleichgwicht

mein Jonger
sörft mit
vierasächzig Bit
munter
em Internet

ond i
kôô nôch
acht Bit
eddamôôl meh
s Seegel heba

Verbota I

a große weiße Fläche
wie a Blatt Papier
wo sich no koin Buchschtaba
druff nuff traut hôt

drvor an großer Hubbel
wo an Boscha
dronder sae keed

neba dem Hubbl
a Schild

mr kôôs onder em Schnae
kaom erkenna

»baden verboten«

ha no

zom Glück
han e des Schild
gsäha

Verbota II

Hitz
Hitz
ond nommôôl Hitz

sogar d Badhos
isch no zviel

Wildenta
treibet em trüba
schlonzicha Räscht
vo dem was mr
Teich nenna dääd
wenn s Wasser
net verdunschtet wär

an kloiner Bua
der gern seine Füßla
ins Wasser schtrecka dääd
hockt uff ma Schild

»betreten der Eisfläche verboten«

jetzt a Eis
denk i

i wet
ao gar net
nuffschtao

i dääds
freiwillich
essa

Man bekommt Funkuhren, Kugelschreiber, Weckerradios, Modellautos (die nicht im Handel erhältlich sind), Schlüsselanhänger und vieles mehr geschenkt, wenn man drei Ausgaben einer Zeitung zum Supersonderpreis probeabonniert. Und wer nimmt schon freiwillig die Qualen einer Abonnementskündigung auf sich, wenn er so reich beschenkt wurde…

Zeitonga

13 Tages-
9 Wocha-
ond 7 Monatszeitonga
ganget ganz schö ens Geld

ganz zu schweiga
von dem ganza Altpapier
des mr dô hôt

aber was tut mr net alles
om dauernd guat versorgt zom sae

i moin
lesa du i se jô net

i läs grondsätzlich koi Zeitong
dô i han meine Prinzipia

aber wega de Werbebeilaga
die send so schö bunt

ond hent s optimale Format
als Gschenkpapier

ond wenn mr s richtich ôôschtellt
ond de richtich Seit auswählt
zom Verpacka von seim Gschenkle

nôô kôô mr dem Beschenkta
sogar glei noo ganz ooauffällig zeiga

wie tief mr
für sae Gschenkle
end Tasch glangt hôt

Schpatz oder Taub

s hoißt

an Schpatz en dr Hand
isch besser
wie a Taub uff em Dach

guad
aber i frog mi
was besser isch

wenn oim a Taub
uffs Dach
oder an Schpatz
en d Hand …

ond seit se
mit Kanona
uff Schpatza schießet

dôô fend i
so a Taub uff em Dach
oifach sicherer

Theaterpause

en dr Pause

wie net ganz bacha
naus saua
zom Frischluft schnappa

ond nôô s Feuerzeug vergessa…

Gschichte macha

i han äwwl dengt
d Vergangaheit
keemt ganz von alloi
aus dr Zukunft
ao wenn mr säll
gar koine hôt

jetzt aber
han e gsäha
wie d Archeologa
Gschichte machet

reschtlos
ond gegawärtich
rückschtandsfrei

bevor se ôôfanget
isch d Vergangaheit
no dô

zom Ausbuddla echt

mr woiß zwôr ned
was es isch
ond wies isch

aber daß es isch
des was war
des isch sicher

Vergangaheit
mit Zukunft
en dr Gegawart

so lang
bis es losgôht

nôô buddlet se
Terr-ex* ond hop

so lang
bis ao dr letschte Scherba
von dr Vergangaheit

en Archivordner
ond Vitrina
vergeschichtet worda isch

endlich woiß mr
was es war
ond wies war

---

* TERREX gGmbH: Gesellschaft zur Förderung der keltischen und römischen Denkmäler…

ond isch sicher
daß nix mae isch
dô wos war

jetzt
isch d Vergangaheit
bis en alle Zukunft
Geschichte

Nett bruddelt

net bruddelt
isch gnug globt

ond

nett bruddelt
isch harscharf
an ra Liebeserklärong
vorbei

wobei

Net-Bruddla
en Zeita
von Wörld-Waid-Net
ond Net-Wär

au Bruddla
per e-mail
sae könnt

was jetzt wieder
net nett wär

Älles nix Gscheits

oh – hätt e no äbbes Gscheits glernt

denkt säller Minischter
der sae Familie bloß no äll vier Wochenenda sieht
ond dem se vorwerfet
er häb sae Dienschtflugzeug
zom en Urlaub fliega gnomma…

oh – hätt e no äbbes Gscheits glernt, denkt er
ond träumt vo sällem sorglosa Maurer
der wo scho om viere Feierôbet hôt
ond gmütlich d Füß nuffschtrecka kôô

oh – hätt e no äbbes Gscheits glernt

Denkt säller Maurer
dem se s Schlechtwettergeld
ond d Überschtonda nemme zahlet
ond er dromm net woiß
wie er seine Jonge satt kriga soll…

oh – hätt e no äbbes Gscheits glernt, denkt er
ond träumt vo sällem sorglosa Pizzawirt
der wo erscht om zehne uffschtanda muaß
ond Pizza fressa kôô bis em zu de Ohra nauslauft

oh – hätt e no äbbes Gscheits glernt

Denkt säller Pizzawirt
der d Gäscht reigucka muaß
weil nix me lauft
ond er dromm net woiß môôner des Geld
für d Sizilianer her nemma soll…

oh – hätt e no äbbes Gscheits glernt, denkt er
ond träumt vo sällem sorglosa Ondernehmer
der wo bloß no so oi zwoi môôl en dr Woch
kurz vom Golfplatz nomm ganga muaß ins Gschäft
zom Schecks unterschreiba

oh – hätt e no äbbes Gscheits glernt

denkt säller Ondernehmer
der sich Sonntagôôbets frôgt
waromm er scho wieder s ganz
Wochenend durchgschafft hôt
bloß om dreiviertel vo seim Omsatz
dem Schteuermonschter zom futtra…

oh – hätt e no äbbes Gscheits glernt, denkt er
ond träumt vo sällem sorglosa Minischter
der wo von de Schteuergelder
mit em Dienschtflugzeug en Urlaub filegt
ond so tut, als schaff er äbbes

De därfsch

de därfsch
hôt r gsagt

net
de musch

jetzt kôô ne
netmôôl
net wella

i dääd jô schao
onder em net wella
gern hälenga
wella wella

wenn e
müssa müsst

s hätt jeder
hôt r gsagt
dromm wärs schee
wenn de däädsch

nôô
duure halt
wenn e schao
därfa muaß

wella

Henna, henna ond hussa

scho klar
daß Henna
Henna sen

au wenn
die Henna
hussa sen

blooß ois
des will mir
net en Senn

wenn Tags
die Henna
henna sen

Oier

was isch
en denne
Henna denn
dô
hennadenn

ha no
des isch
a Oi

ha noi
des sen
jô zwoi

Konnäkschen

Dees
Sodd
Langa

hôt der von dr Telekom gsaet
aber i krieg

Immer
Schneller
Da
Nervazammabruch

jetzt sag bloß

Isch
Säll
Denn
Nötich

daß

Dees
Soo
Langsam

ischt?

Weihnachta

Wieder a Jôhr rom.

Emmer no koi Gschenk.

I werd no verruckt.

Hôt des au wieder so ooôôgmeldet komma müssa?

Nommôôl so a Überraschong halt i net aus!

ACHT Tag vorher hätt me jô ôiner warna könna.

Am beschta i schreibs glei für Näkschjôhr
en Kalender…

Frisch gestrichen

»frisch GESTRICHEN«

isch bei onserem Wirt
uff därra Tafel
am Eigang gschtanda
nôchdem se renoviert
ghet hend

»FRISCH gestrichen«

isch bei onserem Wirt
uff därra Tafel
am Eigang gschtanda
nôchdem s Gsondheitsamt
dôô war

»FISCH gestrichen«

isch bei onserem Wirt
uff därra Tafel
am Eigang gschtanda
nôchdem er aus em Krankahaus
zrück komma ischt

Schluss

Jeder Stein, sei er noch so mund.artig satirisch oder unartig lyrisch ins Rollen gebracht, kommt irgendwann zur Ruhe…

Schtoiner

Schtoiner

koiner
wie dr andr

oiner
nach em andra

schee
hintranander

weit
ausanander

Schtoiner

zom ôô-
ond nuff-
ond raagucka

zom vorbeigucka
ond neigucka

zom durch-
ond zom weggucka

wenn Plaschtichgucka
wie doode Mucka
drom rom lieged

Schtoiner

zom drufliega
ond wegfliega

Schtoiner

oiner
wie dr andr

ohne Rôhma
ohne Nôma

ideeasatt
ond glatt
ond matt

Schtoiner

warm
ond kalt
ond bald

alt…

Inhalt

Adee!

Weitere Informationen
zu Büchern und Bühnenprogrammen
von Sven-Erik Sonntag
finden Sie im Internet unter:

www.sven-sonntag.de

Hinweis!

Obwohl die Kostenübernahme bisher von sämtlichen Kran-
kenkassen strikt abgelehnt wird, sind Rechtschreibfehler im
Gegensatz zu Versprechern grundsätzlich verschreibungs-
pflichtig!